KB005658

앎

정 태 성 · 다섯 번째 시집

도서출판 **코스모스**

앎

머리말

가을이 성큼 다가왔습니다. 지난 여름은 정말 정신없이 빨리
지나간 듯합니다. 많은 어려움이 있었지만 그래도 계절이 이렇
게 바뀌어 가는 것을 보니 마음이 조금은 편안해짐을 느낍니다.

그 어려움을 시를 쓰며 글을 쓰면서 버티고 견디어 냈습니다.
그래서 고마움을 느낍니다. 시와 글이 나에게 많은 위로와
평안을 주었기에 고마울 뿐입니다.

부족하지만 다섯 번째 시집을 묶어 봅니다. 부끄러워도 세상에
보이는 것은 나를 버티게 해 주었기 때문입니다. 이번 가을은
풍성하지 않더라도 따스하길 바랍니다.

2021. 10

지은이

차례

차례

차례

차례

앎

나에겐 한계가 있습니다.
할 수 없는 것도 많습니다.

나는 아는 것이 별로 없습니다.
모르는 것 투성입니다.

나의 생각은 옳지 않을 수 있습니다.
판단이 잘못될 수 있습니다.

나는 독선적일 수도 있고
고집이 셀 수도 있습니다.

그렇기에 끊임없이
나의 한계를 깨야 합니다.

어제보다 오늘의 모습이
오늘보다 내일의 모습이
더 나아져야 합니다.

나를 스스로 기만하지 말고
나의 잘못을 스스로 인정하며
다른 사람을 있는 대로 받아들이고
무엇을 더 배워야 하는지

나의 무엇이 잘못된 것인지
스스로 인식하려고 노력하는 것

그것이 앎입니다.

망설임

말을 할까 망설이다
오늘도 돌아섭니다

마음이 아플까 봐
그냥 돌아섭니다

그렇게 많은 날을
그냥 돌아섰습니다

언제나 그 말을
할 수 있을까요?

귀뚜라미가 울기 시작합니다
이제 그 말도 필요 없을 듯합니다

가을

어느덧 벌써
가을이 다가온 듯합니다

여름이 지나가는지도 모른 채
시간은 이렇게 흐르나 봅니다

다가오는 가을엔
아무 일도 없어야 할 텐데

모두가 무사해야 할 텐데
걱정이 앞서는 건 왜일까요?

흘러가는 시간이 무섭다는 것을
왜 이제야 알았을까요?

홀로

그 거친 길을
홀로 나섰네

힘이 되어줄 사람
함께 할 사람 하나 없이

그 길을 그렇게
홀로 나섰네

어디가 어딘지도 모른 채
밤이건 낮이건 상관없이
그렇게 그 길을 홀로 걸었네

누군가 함께였더라면
힘들때 쉴 수라도 있었다면

그리 힘들지는 않았을 것을

무심한 하늘을 쳐다보고
원망도 많이 했었네

얼마나 더 걸어야 할까?

한없이 펼쳐진 이 길은
언제 끝이 나는 걸까?

지평선 너머 끝없는 그 길을
난 아직도 홀로 걷고 있네

기다림

만나기로 했으니
기다리면 됩니다

언제가 될지는 모르지만
기다리면 됩니다

얼른 만나고 싶지만
그냥 기다리기로 합니다

못 만날수도 있겠지만
그냥 믿고 기다립니다

알수 없는 믿음이 있기에
기다리면 됩니다

그렇게 기다림은
사랑이 되었습니다

산책

함께 걸을 수 있을까요
손을 잡고 나란히

오랫동안 기다렸으니
오래도록 걸어도 되겠죠

걷다가 지쳐도
손을 놓지 않고

그동안 못다 한 이야기도
오래도록 하면서

그렇게 함께 산책을
할 수 있을까요?

조그만 소원이지만
이루어질 날을 기대합니다.

손

웬일인지 처음으로
손을 잡아옵니다

전에는 이런 적이 없었는데

내가 손을 먼저 잡아도
불편해만 했는데

어찌 된 일일까요?

먼저 손을 잡아오리란 것을
생각지도 못했는데

이제 삶을 긍정하는 신호일까요?
그 어둡던 터널을 다 나온걸까요?

어쨌든 나의 마음이 편해집니다
내 노력이 헛되지 않았으니까

먼저 잡아오는 그 손을
나도 꼭 잡아주었습니다.

눈물

내 속에 있는 것 무엇인가?
나도 모르는 이것 무엇인가?

그것은 그렇게 올라와
나도 모르는 사이 올라와

나의 눈가에 이슬로 맺힌다

두려움

다가가면 멀어질까
가만히 있으면 떠나갈까

어떤 인연인지 알 수도 없고
스쳐지나가 버릴지도 몰라

연락이 끊어질지도
어디에 있는지도 몰라

다만 그냥 믿고
두려움을 달래는 수 밖에

작별

이제 헤어짐을 준비할 시간입니다

그동안의 시간도 의미 없이
떠나야 할 시간입니다

어떤 이유도 필요 없고
어떤 변명도 필요 없습니다

그냥 떠나면 됩니다
스쳐 지나가는 인연이었기에

여기서 떠나면 됩니다

그저 건강하고 편히
지내길 바랄 뿐

더 이상은 없습니다

마음

마음이 모든 것이었습니다

마음이 사라지니

그리움도
기대함도
함께하고픔도
대화하고 싶은 것도
모두 다 사라졌습니다

아무것도 남아 있지 않아
지나간 시간조차
기억나지 않습니다

나의 그 마음은 이제
돌아오지 않을 듯합니다

마음이 모든 것이었기에
모든 것이 끝났습니다

하고픈 말

하고픈 말은 많지만
아니 하렵니다

하고픈 말을 다하면
왠지 불안함을 느낍니다

어디로 가버릴 것 같고
만나지 못할 것 같고
그대로 끝날 것 같아

하고픈 말을
하지 않습니다

말을 하지 않는 대신
오래가길 기도합니다

다른 사람 같지 않게
그저 오래가길 바랄 뿐입니다

바닷가에서

그렇게 가보고 싶던
바닷가였습니다

같이 갔기에 좋았습니다
함께 했기에 아름다웠습니다

같이 바닷가를 걸으며
바다 냄새를 맡았습니다

바다 냄새가 그렇게
좋은 것인지 몰랐습니다

함께 거닐어서 그럴 것입니다
손을 잡았기에 그럴 것입니다

혼자였더라면 아무렇지도
않았을 겁니다

그래서 혼자보다는
둘이 좋은 건가 봅니다

대답

답하지 않으려고
오해할지 모르니

답하지 않으려고
혹시 어긋날 수 있으니

답하지 않으려고
아직 때가 아닌 듯하니

답하지 않으려고
아직 알 수가 없어서

인연

그렇게 다가왔다
나도 모르는 사이에

알 수가 없었다
일어날 수 없는 일이기에

이젠 다 받아들인다
인연이라 생각하기에

평범으로

좋아하는 것이 생겼다니
너무 다행입니다

말없이 기다려주길
잘 한 듯합니다

말하고 싶었지만
참았습니다

그것이 그를 위한 것이라
믿었기에 가능했습니다
이제 서서히 제자리로
돌아올 것입니다

평범하게 사는 모습으로
그렇게 돌아올 것입니다

아픔은 이제 지나가는 듯합니다
평범함이 그렇게 다가오고 있습니다

자연을 벗 삼아

산속에 오두막 짓고
소리 없이 살려한다

아침엔 일어나
조그만 밭 하나 갈고

오두막에 앉아
자연을 벗하며
행복하게 책이나 읽으련다

낮에는 들로 산으로
자연을 벗 삼아 산책하고

밤에는 빛나는 별빛과
새소리 풀벌레 소리 들으며

조용히 소리 없이 살려한다

그곳으로

나 이제 돌아가리라

드넓고 한계가 없는 그곳으로
온갖 꽃으로 덮여있고
모든 것이 아우르고
다툼 하나 없는 그곳으로

나 이제 돌아가리라

어떤 대립과 분별도 없고
미움도 질투도 시기도 없는
있는 그대로 존재할 수 있는
아름다움 가득한 그곳으로

여름비

여름을 보내는
비가 내린다

무더웠던 이 여름도
저 비와 함께 사라진다

너무나 많은 일과
너무나 힘든 일로
이 여름이 가득했다

어떻게 이 여름을
지냈는지 나도 모른다

세월은 그렇게 흐른다
나도 모르는 사이
무얼 하는지도 모르는 사이

저 비와 함께
힘들었던 이 여름도
끝나길 바란다

가을엔 선선하고 편안한
바람이라도 느낄 수 있기를

그 언제

오늘도 못 보아
가슴 아프고

내일도 기약 없어
마음 시리니

그 날이
오기는 하려는지

오늘도 이렇게
날이 저문다

신뢰

나를 신뢰합니다
나의 삶을 신뢰합니다

나의 의지와
나의 내면을 신뢰합니다

보다 더 나아지려는 나
내가 가고자 하는 곳을 신뢰합니다

이러한 신뢰가
지나온 것과는 상관없이

앞으로의 삶이
아름다울 수 있는 이유입니다

저항

저항하지 않으렵니다.

내 자신에게도
다른 이들에게도
나의 운명에게도
내 주위에 일어나는 일에도

저항하지 않고
이제 그냥 받아들이렵니다

혼자건 둘이건

혼자라고
외로워할 필요도

둘이라고
부딪힐 필요도

온전한 나는
어떤 경우도 다 괜찮아

내 안에

내 안에
모든 것이 있다

삶의 의미도
삶의 가치도
살의 행복도
삶의 기쁨도
삶의 아름다움도

다른 데서
찾을 필요 없다

모든 것이
내 안에 있다

아무도 없다

나에 대해 아는 사람은
아무도 없다

나를 이해하고자 하는 이도
아무도 없다

내 마음을 알고자 하는 이도
아무도 없다

나의 노력을 이해하는 이도
아무도 없다

삶은 그저
혼자일 뿐이다

가을

가을엔 떠나련다

못 본 세상을 보고
못 만난 사람을 만나러

가을엔 떠나련다

새로운 세상은 어떤건지
새로운 사람은 어떠한지

가을엔 떠나련다

새로운 나를 찾아
새로운 세상을 찾아

빗속을

빗속을 뚫고 간다
거친 빗속을 뚫고 간다

우산 하나 없이
그 비를 다 맞으며
거친 빗속을 뚫고 간다

이제 너무 익숙해
아무렇지도 않다

비가 언젠간 그치겠지

그날이 있을거라 생각하고
오늘도 빗속을 뚫고 간다

눈빛

눈빛이 모든 이야기를 하고 있다

나를 얼마나 생각하는지
나를 얼마나 사랑하는지

그 눈빛이 나를 보고 있다

걱정하지 말라고
아무 일 없을 거라고

선택

선택하지 않을 수 없기에
선택할 수 없는 것은 어쩔 수 없다

하나만을 선택해야 하기에
둘 이상의 가능성은 의미 없다

무한한 선택지의 세계에서
하나만을 선택함이 운명이다

하나의 선택은 자유일지 모르나
나머지는 선택에 의한 구속이다

내 것이 아님

소유할 수 없는 것은
생각할 필요도 없다

내 것이 아닌 것은
미련 둘 필요도 없다

스쳐지나 가는 것은
바람이라 생각하면 된다

내 곁에 머무르지 않을 것에
관심 둘 필요 없다

내가 가지고 있는 것만으로도
더 없이 충분하다

다름

내가 옳은 것이 아니다
다른 이도 옳은 것이 아니다

내가 옳지 않은 것도 아니다
다른 이가 옳지 않은 것도 아니다

우리는 단지 다를 뿐이다

다름을 인정하지 않기에
그래서 힘들 뿐이다.

허무

삶은 결국
허무일지 모른다

허무를 달랠 것은
아무 것도 없다

허무하지 않음을 믿든지
허무를 받아들일 뿐이다

그렇지 않음

그것이 없어지면
좋을 줄 알았는데
그렇지가 않았다

그것이 생기면
좋을 것 같았는데
그렇지가 않았다

그 사람이 없어지면
행복할 줄 알았는데
그렇지가 않았다

그 사람과 함께 하면
행복할 줄 알았는데
그렇지가 않았다

집착을 버리고

해가 뜨면 해가 지고
낮이 지나면 밤이 되고

꽃이 피고 꽃이 지고
나뭇잎이 나면 낙엽되어지고

봄이 지나면 여름이 되고
가을이 지나 겨울이 되고

아이는 청년이 되고
장년은 노인이 되고

오는 것이 있으면
가는 것이 있고

얻는 것이 있으면
잃는 것이 있고

모든 것은 변할 뿐
항상 그 자리에 있는 것은 없으니

나 혼자 무언가에 집착해서 무엇하랴

좋아하다가

좋아하다가 싫어질 수도
싫다가 좋아질 수도

모든 것이 변하니
마음도 변할 수밖에

행복은
변하는 걸 따르는 걸까?
변하는 걸 인정하고
그 자리를 지키는 걸까?

화해

무엇이 그리 힘들었는가
아무것도 아닌 것을

그저 그러려니 하고
받아들이면 되는 것을

자존은 무슨 소용
어차피 갈 인생이거늘

그저 다 용서하고
화해함이 옳은 길이리

내 옆에

예쁘지 않다고 해도
잘 모른다 해도
부족한 것이 많다해도

내 옆에 있기 바랍니다

아름답지 않다해도
성숙하지 않더라도
고집이 세다해도

내 옆에 있기 바랍니다

서로 싸운다 해도
싸워 속상하다 해도
심지어 미워진다 해도

내 옆에 있기 바랍니다

오른다 해도

가장 높은 곳에 오른다 해도
모든 것을 얻을 수는 없으리

오르느라 모든 것을 다 쓰고
많은 것도 잃을 수 있으리

그래도 올라봐야 한다면
그에 따른 책임도 크리라

오르느냐 오르지 않느냐보다
더 중요한 무엇이 있으리

마주 서기

서로의 관계는
서로를 마주 봄으로

서로의 믿음은
서로를 바라봄으로

서로의 소망함은
서로가 함께함으로

홀로 보는 것이 아닌
마주 보기로

승화

삶은 함께함 같지만
외로울 수밖에

사랑은 따스함 같지만
괴로울 수밖에

성취는 만족함 같지만
갈증일 수밖에

영광은 화려함 같지만
순간일 수밖에

허무를 극복하는 것은
승화밖에는 없으리

나 같지 않은 너

내가 너에게 해 준 만큼
너는 나에게 해 주지 않았지

내가 너를 좋아한 만큼
너는 나를 좋아하지 않았지

내가 너를 생각한 만큼
너는 나를 생각하지 않았지

내가 너를 그리워하는 만큼
너는 나를 그리워하지 않았지

내가 너를 위해 희생한 만큼
너는 나를 위해 희생하지 않았지

내가 너를 위해 일을 한 만큼
너는 나를 위해 일을 하지 않았지

나의 노력은 허무하고
나의 시간은 낭비였지

하지만 생각해 보니
어떤 사람에겐

내가 너 같은 존재일지도

난 그를 몰라 주었네

세상은 그래서
돌고 도는 듯

어떤 공평과 공정은
존재하지 않는 듯

난 이제 그를 위해
너에게 쏟았던 만큼만이라도
주기 위한 여행을 떠나리

원한다고 해서

원하는 게 있다 해서
하지 않으리

그 길이 나의 길이
아닐 수도 있으니

내가 해야 할 것만
그저 그렇게 하리

원하는 걸 하려다
더 큰 것을
잃을 수 있으니

오늘에 만족하고
나의 원함을
마음에만 간직하리

그냥 그렇게

타인을 바라지도
기대하지도 않으리

타인은 나를 위해
존재하지 않음이니

타인을 기대함도
어쩌면 욕심일 뿐

내 스스로 가야 하리라

내 스스로 하지 못함은
더 이상 갈 수 없음이니

타인의 위로도
타인의 공감도
타인의 관심도
다 부질없어라

그냥 그렇게 가리라
무너지면 무너지고
넘어지면 넘어지는
쓰러지면 쓰러지는 채로

타인없이 그냥 홀로 가리라

좋아하지도 싫어하지도

더 이상 누구를
좋아하지도 싫어하지도 않으리

좋아하면 좋아하는 대로
싫어하면 싫어하는 대로

마음만 무겁고 힘들 뿐
그 이상도 그 이하도 아니었네

타인은 있고 없음의 존재일 뿐
좋아함과 싫어함의 대상이 아니었으니

나의 일체의 마음을 버리고
무위의 상태로
존재만의 상태로
그렇게 그 모든 것을 버리리라

고요함

새벽에 눈을 떠보니
주위가 무척이나 고요하네

새벽의 고요함이
일상의 고요함이 되길

마음의 고요함이
삶의 고요함이 되길

매일이 고요함으로
채워질 수는 없겠지만

마음 깊은 곳에서
그 고요함을 바라니

조금이나마 그 고요함이
더 오래 계속 될 수 있다면

안다는 것

내가 지금 알고 있는 것을
계속 깨나가야 하리니

지금에 머물지 말고
계속 깨우쳐야 하리니

안다는 것은 모른다는 것
그 앎의 끝은 어디이련가

나를 넘고 너를 넘어
그 끝에 이르기를 바라니

걷고 또 걷고
묻고 또 묻고
행하고 또 행하니

앎의 끝은 존재요 자유라

감정

감정은 일시적인 것
언젠가 변하는 것
믿을 수 없는 것

감정은 나로 인한 것
현재의 것
어떻게 될지 모르는 것

감정은 내가 주인인 것
내 말을 들어야 하는 것
내가 조절할 수 있는 것

감정에 끌려다니지 않으리
아예 없어도 되리
다 비워버리리
더 이상 자리하지 않으리
그냥 초월하리

저녁 하늘

멀리 뵈는 저녁 하늘
너무나 그리워라

오늘도 소식 없어
기다림에 지치누나

지나가는 시간은
이 마음을 외면하나

마음은 보이나니
언젠간 만나리라

꿈속에서

꿈속에서 만나보니
더욱 더 반가워

비록 다른 공간이지만
마음은 하나

예쁜 모습으로
한없이 얘기하네

어쩌면 꿈이 진짜 일수도
현실이 가짜 일수도

꿈속은 다른 세상이 아닌
마음의 세상 일수도

마음의 세상은
너무나도 행복하네

오늘도 나는
마음의 세상에서 그대를 만나리

공항에서

오랜 시간이 지나고
그립던 시간이 다가오네

이제 갈 수 있게 되어
기쁜 맘에 잠 못 이루었네

저 하늘로 날아올라
구름 위로 날아올라

곧 그리로 가리니
이제 곧 가리니

니모

수컷이 스스로
암컷이 되었네

누가 시킨 것도
아닌데

본인이 원한 것도
아닌데

생명의 연속성이란
알수가 없네

생명체의 신비함이
여기에 있네

늘 푸른 소나무

추우나 더우나
변하지 않는 푸른 빛

사시사철
그 자리를 지키며

주위의 변화에도
아랑곳하지 않는

자신을 지키는
그 모습

변함없이 그 모습으로
항상 그 자리에 있는

그런 사람들이
정말 많았으면

가치 없다

삶의 의미에 어디에
존재의 가치는 어디에

탐욕과 이기심에 찌들고
얻고자 하는 바가 전부일 뿐

돌아볼줄 모르고
살필줄 모르기에

자신의 가는 바를 모르고
하고있는 바를 모르기에

자신을 알려 하지 않고
타인을 알려 하지 않기에

차라리 아무것도 하지 말기를

밤과 낮

낮이 지나니 밤이 되네

나를 좋아하는 사람도 있고
나를 싫어하는 사람도 있네

어제는 슬펐지만
오늘은 홀가분하네

오늘은 힘들지만
내일은 그러지 않으리

어려운 시절이 지나면
좋은 시절이 곧 오리라

추웠던 겨울도 지나
이제 곧 봄이 오리

밤이 깊어가네
새벽이 지나 곧 해가 뜨리라

길을 잃어

앞이 보이지 않아
길을 찾을 수 없네

어느 쪽으로 가야할지
알 수가 없네

사방이 막힌 듯
모든 게 두려워

누구의 도움 없인
한걸음 내딛기도 힘들어

고통은 겹겹이 쌓여
내 어깨를 짓누르니

당신 없이는
갈 수가 없네

말이 필요 없네

마음이 어디 있는지
느낌이 어디 있는지
그것으로 족하리

진실한 마음
생각하는 마음

따뜻한 마음
배려하는 마음

따스한 느낌
편안한 느낌

인정받는 느낌
사랑받는 느낌

그것으로 충분하리

내 마음 있는 곳에
내 느낌 있는 곳에

바로 내가 있네

내 의지대로 안되리

산다는 건

예기치 않은 일로
원하지 않은 일로
준비되지 않은 일로

둘러싸이기 마련

어떤 일이 일어나도
행복할 수 있으리

어떤 상황에서도
어떤 조건에서도

행복할 수 있으리

내 의지대로
되는 것 없으니

그냥 받아들이면
모두가 행복이어라

굴리면 굴릴수록

간밤에 내린 눈으로
눈을 굴렸네

굴리면 굴릴수록
커지는 눈덩이

사랑도 굴릴수록 커지고
미움도 굴릴수록 커지네

이해도 굴릴수록 커지고
오해도 굴릴수록 커지네

나 이젠 좋은 것만 굴려가리

아픔과 슬픔은 내려놓고
기쁨과 행복만 굴려가리

모든 것이 굴리면
굴릴수록 커지네

다르니까

똑같은 건 하나 없네
모든 게 다를 수밖에

흰색이 있으면
검은색이 있고

추운 날이 있으니
더운 날도 있네

여자가 있으면 남자가 있고
키 큰 사람이 있으면
작은 사람도 있으니

내 생각과 같은 이 없고
내 마음과 같은 사람 하나 없으리

다르니까 개체이고
다르니까 의미 있네

그저 그렇게

오라면 오라는 대로
가라면 가라는 대로

보려고 하지도 말고
들으려고 하지도 말고

신경쓰지도 말고
애쓰지도 말고

고민하지도 말고
목표도 세우지 말고

만나자면 만나고
헤어지자면 헤어지고

바람 부는 대로
구름 가는 대로

그저 그렇게

좋지도 싫지도

어떤 것을 좋아하고
어떤 것을 싫어하는

어떤 것을 인정하고
어떤 것을 인정하지 않는

어떤 것을 이뻐하고
어떤 것을 이뻐하지 않는

어떤 것을 옳다 하고
어떤 것을 옳지 않다하는

어떤 것을 정의롭다 하고
어떤 것을 정의롭지 않다하는

어떤 것을 공평하다 하고
어떤 것을 공평하지 않다하는

난 그런 것엔 관심 없네
그저 있고 없음 뿐이니

나 없이도

아침엔 해가 뜨고
밤에는 달이 뜨고

봄이 되니 꽃이 피고
가을 되니 단풍 들고

가족들도 잘 지내고
친구들도 잘 지내고

나 없이도
모든 게
아무 문제없네

내가 걱정할 필요도
내가 고민할 필요도

나 없이도
아무런 문제 없어

같지만 다르게

좋은 모습일 수도
나쁜 모습일 수도

슬픈 일 일수도
기쁜 일 일수도

나쁜 사람일 수도
착한 사람일 수도

서로를 생각할수도
서로를 생각하지 않을 수도

미워하는 것일 수도
좋아하는 것일 수도

같은 모습이지만
다르게 보이는 것일 뿐

우울함

오랜 인연도
친했던 관계도

커다란 갈등도
내 자신에 대한 실망도

경제적인 어려움도
혼자인듯한 외로움도

직장에서의 힘듦도
실망스런 인간관계도

언젠가 다 사라지겠죠

우울함도 곧 사라지겠죠

부러움

마당 있는 집에 사네
이쁜 벽돌집이네

내가 꿈꾸던 집인데

이쁜 강아지를 키우고 있네
같이 산책하면 얼마나 좋을까

나도 키우고 싶네

시골에 별장이 있네요
야채와 과일도 직접 키우네요

나도 별장이 있었으면

비가 오니 우산을 갖고 마중을 나왔네요
난 그냥 비를 맞을 수 밖에

나도 누가 우산을 가져다 주었으면

내 안의 나

내가 나인가
내 안에 또 다른 내가 있나?

내가 원하는대로
나는 하고 있지 않는데

내가 내 안의 나를
알지도 못하고

내가 내 안의 나를
마음대로 못하는데

내 안엔 여러개의
내가 존재하는 것인가

어떤 게
진짜 나 일까

진짜 나를 알아야 하는데
진짜 나와 동행해야 하는데

이젠 진짜 나를 알 수도
그와 같이 모든 걸 할 수도

나는 나를 찾아
오늘도 떠난다

저 머나먼 우주공간
거기에 내가 있다

사랑의 정의

사랑은 누구를 위한 것일까

나 자신을 위한 것일까
상대방을 위한 것일까
아니면 둘 다를 위한 것일까

내가 좋아하는 감정 자체를
사랑하는 것일까

대상의 존재 자체를
사랑하는 것일까

사랑은
이타적일까
이기적일까

사랑은
나의 의지일까
대상의 의지일까

사랑의
대상은 대상이고
감정은 감정일 뿐일까

사랑은
시간의 함수일까
공간의 함수일까
관계의 함수일까

사랑으로
할 수 있는 것은 무엇일까
나의 세움일까
대상의 파괴일까

사랑은 정의하기 나름
누구에게나 공통된 정의는 없으리

밥 한 끼

내 마음이 어디에 있는지
밥 한 끼 먹는 것조차
힘이 드네

먹어도 먹은 것 같지 않고
아무 맛도 모르겠고
먹었는데도 배도 부르지 않고

밥은 먹어 무엇하나
어제도 힘들고
오늘도 힘이 드네
내일도 다를 바 없겠지

모든 것이 허무할 뿐
삶의 의지조차 앗아가네

발버둥치며 살지 말았어야 했는데
너무 열심히 살지 말았어야 했는데

밥 한 끼라도 편하게 먹을 수 있으면
얼마나 좋으랴

그런 순간

행복한 순간은 언제였을까?
기뻤던 순간은 언제였을까?

앞으로 그러한 순간은 얼마나 또 있을까?

시간은 흐르고
세월은 흐르는데

언제 또 그러한 순간들이 찾아올까?

오늘일지
내일일지
기다려 보건만

그러한 순간이 다시 올 수는 있는 걸까?

누구의 나

나는 나 자신일 뿐
누구의 내가 아니리

나는 나 자체일뿐
무엇의 나도 아니리

나는 그냥 있음으로
존재하고
그것으로 만족하리

누구의 나로서
무엇의 나로서

더 이상 원하지도
바라지도 아니하리

누구의 나
무엇의 나로부터
자유로우리

나는 지금
여기 있음으로
더 이상 바라지 않으리

우는 새

울어라 울어라 새여
서글프니 울어라 새여

누릴만큼 누리고
머물만큼 머물렀으나

미련이 너무 많아
회한이 너무 많아

이제는 떠나야 하리
이곳을 떠나야 하리

울어라 울어라 새여
서글프니 울어라 새여

내려놓음

내가 존재하지만
나의 에고는 없습니다

나의 생각, 나의 판단
나의 욕심, 나의 소요가
별것이 아님을 압니다.

나를 비우고
필요 없는 것으로
채우지 않습니다

그것으로 만족하며
많은 것에 초연합니다

어떤 일이 일어나도
문제가 되지 않습니다.

그것이 내려놓음입니다

만나지 못하면

더 이상 볼 수 없다면
어찌해야 하는 걸까?

만나는 그 기쁨을
그 어디서 찾을까?

매일이 행복이었는데
매일이 기쁨이었는데

따뜻한 그 마음을
또 어디서 바랄까?

그 시간이 오지 않기를
영원히 오지 않기를

뒷모습

그대의 뒷모습
너무 쓸쓸하다

그동안 걸어온 길
쉽지 않았음이니

무거운 그 걸음
어디까지인지

내 마음 더욱
아플 뿐이다

무거운 그 모습
언제나 변할수 있을런지

떠나감

이리도 허망하게
떠나가는가

나누지 못한 것이
너무 많은데

그리도 허망하게
떠나가는가

서로를 알지도
못하였는데

왜 그리 미련없이
떠나가는가

마음은 그리도
많이 남기고

그렇게 영원히
떠나가는가

남겨진 사람은
어떡하라고

다시는

다시는 만날수 없으니
어찌해야 하는가

영원한 작별이니
어찌해야 하는가

이 가혹한 현실을
어찌해야 하는가

그 많은 시간이
어찌 이리 허망할까

이 완전한 단절감은
어디서 오는 것인가

끝내 잘가라는 말도
못 한채 눈물만 흐른다

소원

조그만 소원 하나 이루지 못한 채
그렇게 떠난다

엄청난 것도 아니었건만
왜 그리 힘든 것일까

그 작은 소원 이루어졌다면
가는 길이 얼마나 편안했을까

그 발걸음 너무 무거워
가는 얼마나 돌아봤을까

어쩔 수 없으니 어이하리오
그냥 다 잊고 가는 수밖에

화해

무엇이 그리 힘들었는가
아무것도 아닌 것을

그저 그러려니 하고
받아들이면 되는 것을

자존은 무슨 소용
어차피 갈 인생이거늘

그저 다 용서하고
화해함이 옳은 길이리

그 자리

그 자리에 계속 있을 것 같았다
어느덧 그 자리가 비어 있다

늘 볼 수 있을거라 생각했다
이제 더 이상 볼 수가 없다

당연히 알고 있다 생각했다
하나도 알고 있지 못했다

그 자리는 이제
영원히 비어 있다

내 안에

내 안에 너무나 많은 것이 있어

너무나 많은 생각
너무나 많은 편견
너무나 많은 고집
너무나 많은 마음

너무 많은 것 때문에
새로운 것을 받아들일 수 없어

조금씩 줄이고
조금씩 비워서

새로운 나의 모습으로

예쁜 꽃

예쁜 꽃을 위해
향기로운 꽃을 위해

무엇을 해야 하는 것일까?
어떻게 해야 하는 것일까?

과거의 노력과 애씀이
예쁜 꽃을 피울수는 있을까?

예전의 고통과 인내가
아름다운 향을 만들수 있을까?

예쁜 꽃이 피었으면
좋은 향이 온누리로 퍼졌으면

사라질 무지개

무지개가 사라지듯
행복도 사라지리

사라질 것에 매달릴
필요가 없으리니

행복에 매달릴
이유 하나 없으리

행복하지 않아도
충분히 살만하리

계획은

계획대로 되지 않아

계획은 계획일 뿐
삶은 사건의 연속이리

어떤 일이 온다해도
그냥 그런 일이
나에게 오는 것일 뿐

오는대로 받아들이고
가는대로 가게 둘 뿐이리

꿈

꿈이 있기에 행복합니다

소박한 꿈이지만
꿈을 갖게 되었습니다

남들 보기엔 보잘것 없는 꿈이지만
나에겐 너무나 소중합니다

꿈이 있기에 오늘이 있고
꿈이 있기에 내일이 있습니다

오늘

오늘 내가 일을 하는 건
내일이 있기 때문입니다

오늘 하는 일이 힘들어도
내일이 있기에 견디어 냅니다

오늘이 있음으로
내일이 있고

희망찬 내일이 있을 거라 생각하기에
오늘도 힘차게 나아갑니다

밤하늘

힘들면 밤하늘을 바라보자
찬란한 별이 빛나고 있으니

힘들면 조용히 침묵하자
내면의 소리를 들을 수 있으니

힘들면 누군가와 얘기하자
마음이 통할 수 있으니

힘들면 어디론가 떠나보자
넓은 세상을 느낄 수 있으니

잃음

타인이 원하는 걸 하다
나를 잃었습니다

다른 사람을 위해 살다
나를 잃었습니다

다른 이에게 맞추다
나를 잃었습니다

나를 생각하지 않다가
나를 잃었습니다

나를 잃었기에
모든 것을 잃었습니다

이제는 잃어버린 나를
찾아야 합니다.

더 이상의 나를
잃지 않기 위함입니다.

버리지 않음

나를 버리지 않는다 합니다
얼마나 기다린 말일까요?

이제는 나를 받아들였나 봅니다.
그 말이 진심임을 알수 있습니다.

그 눈에 그 시간이 담겨 있습니다
많은 일이 있던 시간이었습니다

이제는 마음 놓아도 될 듯합니다.
그렇게 시간이 쌓였으니까요.

내일

오늘을 잘라내
내일을 여는 이유는

오늘의 아픔이
내일까지가 아니기를
바라기 때문입니다

오늘을 접어
내일을 여는 이유는

오늘의 슬픔이
더 이상 계속되기를
원하지 않아서입니다.

내일을 기대하는 것은
오늘도 그런 아픔과 슬픔이
영원히 끝나길 바랄뿐입니다.

시간의 흐름속에

그렇게 세월이 흘러
이젠 편안한 마음입니다

다른 것이 흔들어도
내면의 흔들임도
이제 다 끝난 듯합니다.

그렇게 시간의 흐름 속에
우리가 있습니다.

이제는 믿음과 이해가 있기에
그저 내버려두면 됩니다

떠나보내며

이제 떠나보냅니다
어쩔 수 없기에

편하게 가기 바랍니다
미련을 두지 말고

마음이 아픕니다
내가 원하지 않기에

이제는 마음을 내려놓고
그렇게 떠나보냅니다

필연

그 많은 일들이
어떻게 넘어갔나 모릅니다

고비도 많고
어려움도 많고
고통도 많아
안될 것 같기도 했는데

우연이 필연이라는 걸
이제는 느낍니다.

이제 그 필연이
운명인듯 합니다

다가옴

어떻게 다가왔는지
나도 모르는 사이 왔습니다

내가 간 것은 맞으나
그렇게 올 줄은 몰랐습니다

삶은 그래서
알수없음 입니다

내가 모르는 사이
그렇게 오고
그렇게 가니까요

한번쯤은

한번쯤은
나만의 시간을 갖고 싶습니다

한번쯤은
나만을 위해 살고 싶습니다

한번쯤은
나만을 위해 쉬고 싶습니다

한번쯤은
나만을 위해 떠나고 싶습니다

어쩌면 나의 인생은
내것이 아니었나 봅니다.

앎

정태성 다섯 번째 시집   값 8,000원

초판발행   2021년 9월 25일
지 은 이   정태성
펴 낸 이   정주택
펴 낸 곳   도서출판 코스모스
주   소   충북 청주시 서원구 신율로 13
대표전화   043-234-7027
팩   스   050-7535-7027

ISBN 979-11-91926-06-4